Ursel Scheffler · Erhard Dietl

Ätze – Das Tintenmonster im Zirkus

Ursel Scheffler

Ätze

Das Tintenmonster im Zirkus

Mit Bildern von Erhard Dietl

Hase und Igel®

Für Lehrkräfte gibt es zu diesem Buch
ausführliches Begleitmaterial beim Hase und Igel Verlag.

Dieses Buch erschien erstmals 1995
unter dem Titel „Ätze, das Zirkusmonster“ im Ravensburger Verlag.
Die vorliegende Fassung wurde völlig neu bearbeitet
und von der Autorin genehmigt.

www.hase-und-igel.de
Lektorat: Monika Burger
Druck: Grafisches Centrum Cuno GmbH & Co. KG

ISBN 978-3-86760-078-1
4. Auflage 2017

Inhalt

Vorsicht!
In diesem Buch kommt ein Monster vor.
Es heißt Ätze.

Ätze ist ein Tintenmonster und stammt aus der Familie der blaublütigen, kotzekligen Tintensauger. Die brauchen Tinte so nötig wie ein Vampir Blut. Sie leben am liebsten dort, wo es schmutzig, stinkig und staubig ist. Sauberkeit ist ihnen ein Graus.

Ätze hält sich für das größte, hässlichste, schrecklichste Monster auf der ganzen Welt. In Wahrheit passt er, wenn er einen leeren Tintenbauch hat, bequem in eine Streichholzschachtel. Mit seiner langen, neugierigen Schnüffelnase und seinen drei flinken Beinchen gerät er immer wieder in haarsträubende Abenteuer.

Gerade ist Ätze am Stadtrand neben der Zirkuswiese unterwegs und sucht wieder mal nach Tinte und nach Leuten, die er ärgern und erschrecken kann …

Ätze zeigt die Zähne

Ätze saß auf dem Mülltonnenhäuschen. Er fauchte und zog Grimassen. Er streckte seine lange Schlangenzunge heraus, so weit er konnte.

„Bääähhh! Schlabber-di-blubber-di-blaaaaaaah!“

Dann fletschte er seine zwei spitzen Eckzähnchen und rollte mit seinen grünen Glupschaugen. Aber so sehr er sich auch anstrengte, keiner erschrak vor ihm.

Eine Assel blickte gelangweilt auf. Eine Küchenschabe schmunzelte. Ein Mistkäfer ließ verächtlich ein Kügelchen fallen. Ein Kakerlakenkind kicherte.

Eine Ameise trippelte vorbei und sagte: „Merkst du nicht, dass du uns langweilst mit deiner lächerlichen Show? Keiner von uns fürchtet sich vor dir."

„Es soll euch vor mir grausen, kotzgammel-grind noch mal!", brüllte Ätze. „Ich bin das hässlichste, ekligste, schrecklichste Monster auf der ganzen Welt!"

„Vielleicht solltest du zum Zirkus gehen und eine Monstershow machen?", lästerte der Mistkäfer.

„Hatte ich sowieso vor, du Klugscheißer!", brüllte Ätze.

„Kunststück: Menschen lassen sich viel leichter erschrecken als wir", kicherte die Küchenschabe.

„Tinte! Ich brauche Tintensaft! Bloß ein paar kräftige Schlückchen. Wenn ich wieder blau und kräftig bin, werdet ihr schon vor mir zittern!" Ätze drehte sich wütend um, reckte seine dicke, lange Nase in die Luft und ging.

Die anderen sahen ihm belustigt nach.

„Er passt nicht hierher", hustete ein blasser Floh.

„Ein Tintenmonster. Pah! Säuft blaue Tinte!", sagte die Mücke zur Assel. „Ein ordentliches Getränk muss rot sein und warm."

„Komisch ist er schon", kicherte die Küchenschabe.

Doch Ätze hörte das alles nicht mehr. Er war längst auf Tintenjagd …

Ätze, die Supernase

„Schultasche – Tintenflasche“, keuchte Ätze und jagte mit hängender Zunge hinter den beiden Schulkindern her, die über die Zirkuswiese liefen.

Sie gingen zwischen den Tierzelten hindurch zu einem Wohnwagen, in dem schon andere Kinder an einem langen, schmalen Tisch saßen. Die packten gerade ihre Schulsachen aus.

Eine Schule auf Rädern?, wunderte sich Ätze und sah sich aufmerksam um. Es waren größere und kleinere Kinder.

Hej-jippih-jej! Die Große dort mit dem Ringelpulli, die kannte er doch! Das war Toni, die so höllisch gut nach Pferdemist duftete. Sie war ihm schon vor einiger Zeit begegnet. Damals, als er noch Rucksackmonster bei Landstreicher Willi war …

Ätze schnüffelte.

Mmh! Oooooh! Sie roch noch genauso gut wie damals!

Ätze hatte eine fabelhafte Schnüffelnase und konnte einen Sonderstinker aus neunundneunzig Normalstinkern mit geschlossenen Augen herausfinden.

Er pirschte sich unter dem Tisch unbemerkt an Toni heran. Zunächst interessierte er sich nur für die Schultasche, die neben ihren Füßen auf dem Boden lag.

„Schultasche – Tintenflasche", summte er dabei immer wieder gut gelaunt vor sich hin.

Rasch fand er, was er suchte: Tintenpatronen!

Während des Englischunterrichts legte sich Ätze in der Ecke gemütlich auf eine alte Mütze. Er nuckelte an einer Tintenpatrone wie an einer Babyflasche und gluckerte sie genüsslich leer.

Jetzt war er rund und blau. Zum Platzen voll!

Er rülpste zufrieden. Nun war ein kleines Schläfchen recht.

Wie eine Katze rollte er sich behaglich zusammen und schlief neben Tonis gemütlichen Stinkefüßen ein.

Die Monstershow

„Huuuuuuaaaaah!“, schrie der Zauberer Makrocosimus Hipponosius und rannte mit flatterndem Zaubermantel aus der Manege. Seinem Zylinder war soeben nicht, wie gewohnt, ein Kaninchen entsprungen, sondern ein grässliches, haariges, grünäugiges, dreibeiniges Monster. Die Zuschauer lachten, weil sie dachten, dass das eine gut eingeübte Witznummer war. Sie klatschten vor Begeisterung.

Jetzt kam der Clown Antonio in die Manege gestolpert. Der Zirkusdirektor hatte ihn voller Panik durch den Vorhang geschoben, weil er das Publikum von der verpatzten Nummer des Zauberers ablenken wollte.

Ätze stand auf dem schwarzen Zaubertisch und verneigte sich nach allen Seiten.

Natürlich dachte er, der Applaus sei für ihn bestimmt.

Die Leute lachten und klatschten immer wilder, weil jetzt der Clown Antonio unter

Trommelwirbel seine berühmten Zwirbelsaltos machte.

„Genug, genug!“, krächzte Ätze geschmeichelt. Er schwenkte einen von des Zauberers Fingerhüten wie einen Zylinder.

Richtig stolz war er auf seinen Erfolg. Ja, Zirkus, das war eine feine Sache! Endlich bekam er die Anerkennung, die er verdiente.

So müsste ihn seine bestgehasste Freundin Igitte sehen! Diese dumme Spinne. Er musste ihr dringend eine Postkarte schreiben und erzählen, dass er ein Star geworden war. Ein Zirkusmonster!

Jetzt bekam Antonio seinen Schlussapplaus.

Ätze blinzelte ins Scheinwerferlicht, plusterte sich auf und verneigte sich noch sechsunddreißig Mal.

Dann schnüffelte er: Mmh! Es roch plötzlich stark nach Pferdemist. Draußen vor dem roten Vorhang hörte er das Wiehern der Pferde. Er beschloss zu verschwinden, ehe die Riesenviecher mit ihren harten Hufen durch die Manege donnerten.

Außerdem: Während Toni mit den Pferden in der Manege arbeitete, konnte er in ihrem Wohnwagen in aller Ruhe nach Tinte suchen und die Postkarte an Igitte schreiben.

„Jippih-jej!", fiepte Ätze voller Übermut und hüpfte auf seinen drei flinken Beinchen davon.

Ätze findet ein Monsternest

„Was suchst *du* denn hier?“, rief Toni überrascht, als sie Ätze auf ihrem Küchentisch entdeckte.

„Tinte“, antwortete Ätze.

„Und was bist du für ein komisches Viech?“, erkundigte sich Toni.

„Ich bin Ätze, das Zirkusmonster“, antwortete Ätze gekränkt. „Hast du denn nicht vorhin meine superschrille, pfefferscharfe Monstershow gesehen?“

„Nö“, antwortete Toni verblüfft.

„Sie war so erschreckend schrecklich, dass der Zauberer Makrocosimus Hipponosius geschockt auf und davon gerannt ist!“

„Ach, du warst das“, sagte Toni und lachte. „Ich stand draußen bei den Pferden. Er stürzte kreidebleich aus der Manege und sagte, dass ein Ungeheuer aus seinem Zylinder gesprungen sei.“

„Tja! Das war *ich*!“, sagte Ätze und reckte seine dicke, lange Schnüffelnase stolz in die Luft.

„Geschieht dem eingebildeten Makrocosimus Hipponosius recht“, meinte Toni zufrieden. „Er hält sich für den besten Zauberer der Welt. Deshalb will er immer den besten Wohnwagenplatz und den besten Platz im Programm. Er trickst alle aus, wenn es um seinen Vorteil geht. Keiner mag ihn leiden.“

„Dann werde ich ihn so ärgern, dass er an seiner eigenen Wut erstickt“, kicherte Ätze. „Falls du mir erlaubst, dass ich ein Weilchen bei dir unterschlüpfe?“

„Na ja, ich weiß nicht …“, zögerte Toni. Sie musterte Ätze von oben bis unten. „Ich dachte, du suchst bloß Tinte?“

„Nun ja, ich muss dringend eine Postkarte schreiben. Aber danach werde ich dich beschützen.“

„Du mich beschützen?“, sagte Toni und musste lachen. „Wovor?“

„Unterschätze mich nicht!“, sagte Ätze und plusterte sich auf. Furchterregend rollte er mit seinen grünen Glupschaugen. „Ich werde dich vor Räubern, Stechmücken, Kakerlaken, Flöhen und hinterhältigen Zauberern beschützen!“

„Na gut. Ich denke, wir werden schon miteinander auskommen“, seufzte Toni. Sie ließ Ätze auf ihre Hand hopsen und

trug ihn in die Ecke, in der ihre alten Reitstiefel lagen.

„Hier ist deine Ecke. Und da drüben ist meine Ecke. Dort möchte ich meine Ruhe haben. Verstanden?“

„Genau das Winkelchen, das ich mir auch ausgesucht hätte“, jubelte Ätze voller Glück und kroch in seine staubige Ecke. Zufrieden klemmte er sich ein Tintenfläschchen unters Bein, nuckelte daran und murmelte: „Stinkgemütlich ist es hier!“

Ätze als Zirkusmonster

Ätze hielt Wort. Nachdem er die Postkarte an Igitte geschrieben und abgeschickt hatte, sann er Tag und Nacht darüber nach, wie er Toni beschützen und den Zauberer ärgern könnte. Und er war sehr erfolgreich!

Makrocosimus Hipponosius rannte mit hochrotem Kopf herum, weil ihm alle Nummern missglückten. Statt einer Taube kam ein Konfettiregen aus seinem Zylinderhut und aus seinem Goldfischglas grinste ihn ein Rollmops an. Als er sich in sein Seidentaschentuch schnäuzte, musste er so stark niesen, dass ihm das Kragenknöpfchen abplatzte. Sein Zauberstab klebte vor Fliegenleim und als er bei einer Galavorstellung in seinen neuen Lackschuhen auftrat, trat er auf einen Reißnagel.

Am Abend sank er erschöpft ins Bett. Doch sprang er gleich wieder hoch und tanzte wie ein Wilder: Sein Schlafanzug war voller Juckpulver.

Das war noch nicht alles. Besonders gern schockte Ätze den Zauberer persönlich: Er krabbelte über seinen Schminktisch oder tanzte Rock 'n' Roll auf seinem Butterbrot.

Der Zauberer lief deshalb nur noch mit der Fliegenklatsche herum. Er stellte überall Monsterfallen auf und fauchte: „Dieses eklige Vieh! Wenn ich es erwische, dann schlag ich es mausetot!"

Und weil er Ätze nicht kriegen konnte, ließ er seine Wut an allen anderen aus: Er schrie seine Assistentin an und trat die Zauberlehrlinge ans Schienbein, wenn sie nicht schnell genug die Sachen aufbauten. Er verteilte Püffe, Knüffe, Fußtritte und Kopfnüsse, wo er nur konnte.

Alle hassten den bösen Zauberer. Sie freuten sich, dass ein geheimnisvoller Gegner mit ihm seinen Schabernack trieb.

Nur Toni wusste, wer wirklich dahintersteckte.

„Ätze, du bist ein Teufelskerlchen!“, sagte Toni, als sie eines Abends auf der Treppe vor dem Wohnwagen saßen. „Wer hätte das gedacht.“

„Jaja, ich bin ein verteufeltes Teufelskerlchen“, kicherte Ätze. „Ich bin das größte, schrecklichste, hässlichste Monster auf der ganzen Welt, juhu!“

Drüben hinter dem Zirkuszelt schob sich die blasse Scheibe des Vollmonds herauf.

„Zeit, ins Bett zu gehen“, sagte Toni, reckte sich und gähnte.

Ätze sah zum Mond hinauf und dachte: Wie schade, dass Igitte nicht weiß, dass ich jetzt Teufelskerlchen heiß!

Die Spinne Igitte

Igitte kam mit dem Nachtbus.

Nachdem sie Ätzes Postkarte bekommen hatte, hatte sie gleich ihre Reisetasche gepackt und sich auf den Weg gemacht.

Es war gar nicht so leicht, den Zirkus *Spirelli* zu finden. Die Plakate klebten zwar überall in der Stadt. Aber es dauerte eine Weile, bis sich die Spinne im Verkehrsnetz zurechtfand.

Jetzt hing sie in einem der Haltegriffe der Buslinie 17 und spähte aus dem Fenster, um zu sehen, wo sie aussteigen musste.

„Festwiese“, erklang die Stimme des Busfahrers aus dem Lautsprecher.

„Hier muss es sein“, murmelte Igitte und seilte sich an einem eilig gesponnenen Faden von ihrem Hochsitz ab.

„Pfffft“, machte die vollautomatische Bustür.

Gerade noch rechtzeitig schlüpfte Igitte hinaus. Sie purzelte in den Rinnstein. Die Räder des Busses rollten haarscharf an ihr vorbei. Ihr Hütchen kullerte herunter und wurde von den Reifen platt gedrückt.

„Das ist gerade noch mal gut gegangen“, sagte Igitte mit einem ihrer spinnenfeinen Seufzer.

Sie klopfte ihren neuen Frühlingshut wieder in Form und bürstete den Staub aus den Klamotten. Dann ergriff sie ihre Tasche und machte sich auf die Suche nach Ätze. Das war schwieriger, als sie gedacht hatte.

Die Lichterketten über dem Zirkus waren längst erloschen. Der Mond war hinter den Bäumen verschwunden. Das Zelt hob sich nur noch wie ein riesiger grauer Schatten vom Nachthimmel ab.

Alle im Zirkus schliefen längst. Igitte fand niemanden, den sie nach Ätze fragen konnte.

Auch in den Tierzelten war es mucksmäuschenstill. Nur eine Fledermaus war wach. Sie hing an einer Zeltstange im Futterlager.

„Ätze? Nie gehört“, sagte die Fledermaus. „Muss ein Nachtschläfer sein. Den musst du bei Tag suchen.“

„Na gut. Dann will ich im Heu übernachten und morgen weitersehen“, seufzte Igitte. „Meine Reise ist sehr anstrengend gewesen.“ Sie gähnte.

Ehe sie einschlief, dachte sie an Ätze: Wo steckt wohl diese alte Schnarchnase? Warum hat er mir geschrieben? Klang fast so, als vermisste er mich. Vielleicht hat er sich ja geändert!

Ätze und Igitte

Ätze hatte sich kein bisschen geändert!

„Du alte, dünnhaxige Schreckschraube hast mir gerade noch gefehlt!“, knurrte er, als Igitte ihn am nächsten Morgen in Tonis Wohnwagen aufspürte.

„Ein bisschen freundlicher könntest du schon sein! Nachdem ich wegen dir eine so lange Reise gemacht habe“, beklagte sich Igitte.

„Selbst schuld! Scher dich zum Teufel, spinnertes Hutgestell, du spillerige Hupfdohle!“

„Warum hast du mir dann eine Karte geschrieben, du Pappnase?“

„Ich soll eine Karte geschrieben haben? An dich behämmerte Zimtzicke, an dich Flohscheuche? Unmöglich! Das muss in geistiger Umnachtung passiert sein“, sagte Ätze.

„Immer noch der alte Kotzbrocken! Kein bisschen hast du dich verändert“, seufzte Igitte enttäuscht.

Mitten in diese freundschaftliche Auseinandersetzung platzte Toni. Sie war ganz aufgeregt. „Zwei Nachrichten: eine gute und eine schlechte!“, rief sie und starrte dann erschrocken auf die Spinne, die auf ihrem Frühstücksteller hockte.

„Musst dir nix denken“, beruhigte Ätze das Mädchen. „Die beißt nicht. Die tut nur so. Das ist Igitte. Eine uralte Freund… – äääh, ich meine: eine kotzeklige Feindin von mir.“

„So alt bin ich nun auch wieder nicht“, protestierte Igitte und rückte ihr Hütchen zurecht.

„Nun sag schon, was passiert ist!“, rief Ätze neugierig. „Die schlechte Nachricht zuerst.“

„Der Zauberer sucht wutschnaubend nach dir und will dich umbringen. Er behauptet, das grässliche Monster aus dem Zylinder habe seine Karriere zerstört.“

„Hihihi!“, kicherte Ätze schadenfroh. „Das ist doch eine fabelhaft gute Nachricht! Und was war noch?“

„Der Clown Antonio hat mit mir und seinem Esel seit Wochen eine tolle Quatschnummer einstudiert. Wir haben sie gerade dem Direktor vorgeführt. Er fand sie sehr komisch und hat laut darüber gelacht. Er hat gesagt, er nimmt sie ins Programm."

„Oh! Herzlichen Glückstrumpf!", knurrte Ätze. „Und von meiner tollen Nummer hat er nichts gesagt?"

„Muss er glatt vergessen haben", meinte Toni.

Die Zaubertinte

Ätze und Igitte wohnten nun in Tonis Wohnwagen. Die drohte allerdings, beide hinauszuwerfen, wenn sie weiterhin dauernd streiten würden. So stritten sie einfach bloß dann, wenn Toni nicht da war.

„Ich bin das größte Zirkusmonster der Welt!", prahlte Ätze. „Du hättest sehen sollen, wie die Leute begeistert von den Sitzen sprangen und klatschten, als ich heute am Trapez turnte!"

„Bist du sicher, dass sie nicht wegen Tarantella geklatscht haben, die neben dir auf dem Seil tanzte?", bemerkte Igitte spitz.

„Du alte Schnepfe! Blöde Spinne! Spinnefeind bin ich dir“, fauchte Ätze gekränkt. „Tarantellas Nummer war doch babyleicht. Aber ich, *ich* habe mit geschlossenen Augen die Todesspirale geturnt!“

„Blöder Angeber!“, rief Igitte und warf mit einem Zuckerstück nach Ätze.

Der sprang auf einen wippenden Löffel und schoss mit Kirschmarmeladen-bomben nach ihr.

In diesem Augenblick ging die Tür auf und Toni kam herein.

„Rrrrraus mit euch!“, rief sie zornig und wischte sich ein Marmeladengeschoss aus dem Gesicht. Bekümmert zogen die beiden Streithähne ab.

„Was machen wir jetzt?“, stöhnte Igitte.

„Es gibt nur einen, an dem ich jetzt meine Monsterwut auslassen möchte: an Makrocosimus Hipponosius“, fauchte Ätze und hüpfte davon.

Der Wohnwagen des Zauberers war leer. Der war in die Stadt zum Zauberladen gefahren. Er wollte neue Tricks einkaufen. Die alten hatte Ätze ihm alle vermasselt.

Ätze sah sich neugierig um. Auf dem Schreibtisch entdeckte er ein Tintenglas. „Geheimtinte“ stand darauf.

Ätze hängte seine lange Schlangenzunge in das Glas und naschte davon. Mmh! Schmeckte nicht schlecht! Und kein bisschen geheim.

Voller Übermut kletterte er in das Glas und nahm ein Vollbad. Danach schüttelte er sich vor Wonne wie ein nasser Hund. Das gab auf dem Schreibtisch hübsche blaue Spritzer! Anschließend schlabberte er das Glas leer.

Wetten, dass dem Zauberer vor Wut wieder das Kragenknöpfchen absprang, wenn er den Schaden entdeckte?

Ätze ist verschwunden

„Ätze, wo bist du?“, rief Igitte, die Ätze heimlich in den Wohnwagen des Zauberers gefolgt war.

„Hier, du blöde Giftschnecke!“, sagte Ätze und gab ihr einen Tritt in die fünfte Kniekehle.

„Ich kann dich nicht sehen, bloß fühlen“, jammerte Igitte.

Als Ätze auf den Boden sah, konnte er seine drei Füße nicht mehr sehen. „Hiiiilfe! Ich bin unsichtbar!“, rief er erschrocken. Und als er in den Schminkspiegel des Zauberers blickte, sah er – nichts. Nur seine Stimme war noch da.

„Pfui-kotz-gammel-grind!“, brüllte er. „Dieser Mistkerl hat mich verhext!“

„Ich glaube, du hast dich selbst verhext. Du hast Geheimtinte getrunken“, rief Igitte, die sich das Tintenfass genauer ansah. „Da steht, dass die Schrift nach einer Minute unsichtbar wird."

„Und ich auch!", klagte Ätze. „Und wenn mich keiner sieht, dann kann ich keinen mehr erschrecken. Das ist fuuurchtbar!"

„Vielleicht kann uns Toni helfen? Komm mit!", sagte Igitte entschlossen.

Die beiden liefen zu Tonis Wohnwagen.

„Toni! Hiiiilfe!", wimmerte Ätze.

„Wo steckst du denn?", rief Toni und sah sich überrascht um. Sie hörte Ätze, aber sie konnte ihn nicht sehen. „Bist du unsichtbar?"

„Blöde Frage! Sonst würdest du mich doch sehen, oder?", knurrte Ätze verärgert.

Igitte erklärte, was passiert war: „Er hat in der Geheimtinte des Zauberers gebadet und hinterher das ganze Glas leer gesoffen."

„Hmm“, überlegte Toni. „Geheimtinte wird wieder sichtbar, wenn man Zitronensaft daraufträufelt. Ich sause rasch los und besorge welchen. Rührt euch nicht von der Stelle!“

Ätze hüpfte trotzdem voller Ungeduld nach draußen.

„Bleib hier“, bat Igitte.

„Ich muss mal. Ich geh aufs Mäuse-mädchenklo“, sagte Ätze. „Es sieht mich ja keiner.“

„Du Spinner!“, rief Igitte ihm nach.

„Bäääh!“, antwortete Ätze und streckte die Zunge heraus. Das war ziemlich witzlos, weil Igitte ihn nicht sehen konnte.

Und die beiden Männer, die jetzt des Weges kamen, sahen ihn glücklicherweise auch nicht. Es war der Zirkusdirektor und neben ihm lief niemand anderer als Ätzes Todfeind, der Zauberer Makrocosimus Hipponosius.

Böse Pläne

„Kommt nicht infrage, dass Toni und Antonio mit ihrer neuen Nummer ins Programm kommen!“, rief Makrocosimus Hipponosius voller Zorn. „Nur über meine Leiche!“

„Nun regen Sie sich nicht auf, mein Bester“, beruhigte ihn der Zirkusdirektor. „Ich biete Ihnen doppelt so viel Geld für Ihre neue Zaubernummer. Vermasseln Sie den beiden jungen Leuten doch nicht die Chance.“

„Ich kündige!“, fauchte der Zauberer aufgebracht.

„Nun, wenn Sie darauf bestehen, dann fliegen die beiden eben raus“, seufzte der Zirkusdirektor. „Die Entscheidung fällt mir schwer, weil ich Antonios Nummer mit dem Esel sehr witzig finde.“

Ätze hatte genug gehört.

Am liebsten hätte er den Zauberer in den Hintern gebissen. Diesem Makrocosimus Hippo-Dingsbums wollte er einen Strich durch die Rechnung machen. Der sollte vor Schreck Augen so groß wie Klodeckel kriegen!

Endlich kam Toni mit dem Zitronensaft. Sie schüttete ihn in eine Blechschüssel.

„Los, Ätze! Oder willst du etwa ewig unsichtbar bleiben?“, drängelte sie.

Vorsichtig rutschte Ätze in die Schüssel. Iiih! Wie das brannte! Aber jetzt wurden tatsächlich seine drei Schuhe wieder sichtbar. Und dann seine Knie, sein Federbauch. Und als er ganz untertauchte, war auch die lange Nase wieder da und sein Zackenrücken.

„Hurra! Ich bin wieder da!“, schrie Ätze begeistert. „Und du musst froh darüber sein!“

„Bin ich auch“, lachte Toni.

„Jetzt werde ich nämlich *dir* helfen.“ Ätze erzählte Toni von den bösen Plänen des Zauberers.

„So eine Gemeinheit! Antonio und ich haben so hart an der Nummer gearbeitet und uns so darauf gefreut“, sagte Toni bekümmert.

„Es wird mir ein Vergnügen sein, diesem sauberen Makrocosimus Hipponosius jede Show zu vermasseln“, rief Ätze begeistert. „Eine Kleinigkeit! Jetzt, wo ich weiß, wie ich mich unsichtbar machen kann.“

Der Zauberer Makrocosimus Hipponosius stand den Krieg gegen seinen unsichtbaren Gegner nur eine knappe Woche durch. Dann war er mit den Nerven total fertig.

Er ging zum Arzt.

Der sagte: „Mein lieber Hipponosius, Sie sehen Dinge, die es gar nicht gibt. Das nennt man Halluzinationen."

„Hallo … waaas?", fragte der Zauberer nach.

„Halluzinationen", wiederholte der Arzt.

Der Zauberer war froh, dass er nicht verrückt war, sondern eine Krankheit mit einem schwierigen Namen hatte.

Er ging zum Zirkusdirektor und sagte: „Ich habe in letzter Zeit zu viel gearbeitet und davon eine unaussprechliche Krankheit bekommen. Der Arzt hat mir eine Kur verschrieben." Und dann fuhr der Zauberer für längere Zeit ins Waldsanatorium *Zauberberg*, das irgendwo in den Alpen lag.

Darüber waren alle froh und so wurde Tonis und Antonios lustige Nummer doch noch ins Programm aufgenommen. Die beiden waren sehr glücklich.

„Das verdankt ihr mir!“, sagte Ätze stolz. Aber Toni und Antonio beachteten ihn gar nicht. Sie hatten nur noch Augen

füreinander. Hand in Hand gingen sie über die Zirkuswiese.

Ätze sah ihnen nach und fauchte: „Ich denke, ich spinne! Die tun, als wäre ich Luft!“

„Völlig normal“, sagte Igitte mit einem ihrer berühmten spinnenfeinen Seufzer. „Die beiden sind verliebt.“

Der Zirkus bricht die Zelte ab

Eines Morgens kam der Zirkusdirektor und schwenkte ein Telegramm: „Wir haben ein Angebot für eine Amerikatournee. Abreise in zwei Wochen!“

Alle Zirkusleute waren begeistert.

„Tut mir leid. Ich komme nicht mit nach Amerika“, sagte Igitte, als sich alle reisefertig machten. „Mir reicht’s! Ich geh zu meiner Familie zurück. Außerdem werde ich leicht seekrank.“

„Umso besser“, antwortete Ätze. „Du stinkst mir sowieso wie ein gezuckerter Zwiebelfurz!“

Gekränkt rollte Igitte ihre Hängematte aus Spinnweben zusammen. Sie legte sie ordentlich zu Wäsche und Waschzeug in ihre Reisetasche.

Dann sagte sie beiläufig: „Kannst mir ja eine Postkarte von der Freiheitsstatue

schicken – wenn du Sehnsucht nach mir hast."

„Bäääh!", machte Ätze und streckte ihr zum Abschied die Zunge heraus.

Auf dem Weg zur Bushaltestelle grübelte Igitte: Dieser alte Kotzbrocken! Warum mag ich ihn eigentlich? Spätestens in einer Woche wird er mir fehlen …

In Windeseile bauten die Zirkusleute die Zelte ab. Zeltplanen und Zeltstangen wurden auf die Schlepper gepackt und die Tiere verladen. Die Wohnwagen wurden an die Zugmaschinen angekoppelt. Dann machte sich die ganze Karawane auf den Weg zum Hafen.

Als der Zirkus durch die Stadt fuhr, saß Ätze auf dem vordersten Wagendach, als sei er der Zirkusdirektor persönlich.

„Seht her, ich bin Ätze! Ätze, das Zirkusmonster!“, rief er den Kindern zu, die am Straßenrand standen und den Elefanten winkten.

Ätze dachte natürlich, dass sie alle ihm zuwinkten, und winkte zurück.

Ja, wenn Igitte ihn so sehen könnte, dieses achthaxige, heiß gehasste, dürre Scheusal!

Das Schiff, das im Hafen auf den Zirkus wartete, hieß *Morgenröte.* Es war

ziemlich neu, schneeweiß und blitzsauber. Überall roch es nach Putzmitteln und frischer Farbe. Die blank polierten Messingteile blitzten in der Sonne. Der Steward, der am Kai stand, hatte eine blütenweiße Uniform an.

Als die Zirkuswagen nacheinander in den Schiffsbauch rollten, sprang Ätze ab und schnüffelte.

„Keine zehn Pferde halten mich auf diesem pfuiteufligen Dampfer." Seine grünen Glupschaugen glänzten zornig. „Ich werde schnellstens verduften", schimpfte er.

Und außerdem stank ihm nicht nur das Schiff! Auch auf Igitte war er sauer, die einfach abgehauen war.

Und auf Toni! Die trieb sich nur noch mit ihrem blöden Antonio herum. Was sie nur an ihm fand? Und diese Glotzerei! Sie sah ihm dauernd in die Augen. Die waren grau wie Mäusekacke. Wenn sie wenigstens tintenblau gewesen wären wie Tonis Augen.

Ätze fühlte sich überflüssig …

Fluchtartig verließ er das saubere Schiff. Er rannte die Laufplanke hinunter und lief am Kai entlang. Eine Ratte huschte vorbei und verschwand in einem Lagerhaus.

Ätzes Augen funkelten listig. Wo es Ratten gab, gab es auch Schmutz und Dreck! Nichts wie hinterher!

Ob Landratte oder Schiffsratte: Wetten, dass sie ihn zu einem kotzgammeligen Plätzchen führte, an dem es ein Monster in aller Gemütlichkeit aushalten konnte?

Für eine Weile wenigstens …

Über die Autorin

Ursel Scheffler schreibt, seit sie sechs Jahre alt ist, und seit 1986 auch über Ätze. Sie traf ihn nach einem Elternabend ihrer jüngsten Tochter auf dem Schulhausflur. Er war völlig blau und bat sie, seine haarsträubenden Abenteuer aufzuschreiben. Das hat sie dann auch mit Vergnügen gemacht. Mehr über die Autorin und über Ätze: *www.scheffler-web.de*.

Über den Illustrator

Erhard Dietl wurde 1953 in Regensburg geboren. Er hat an der Akademie der Bildenden Künste in München studiert. Heute lebt er dort als freier Grafiker, zeichnet, malt und schreibt auch selbst, hauptsächlich für Kinder. Mehr über den Illustrator: *www.erhard-dietl.de*.